2042

Translated to French from the English version
of 2042

Amar B. Singh

Ukiyoto Publishing

All global publishing rights are held by

Ukiyoto Publishing

Published in 2024

Content Copyright © Amar B. Singh

ISBN 9789360491307

All rights reserved.

No part of this publication may be reproduced, transmitted, or stored in a retrieval system, in any form by any means, electronic, mechanical, photocopying, recording or otherwise, without the prior permission of the publisher.

The moral rights of the author have been asserted.

This is a work of fiction. Names, characters, businesses, places, events, locales, and incidents are either the products of the author's imagination or used in a fictitious manner. Any resemblance to actual persons, living or dead, or actual events is purely coincidental.

This book is sold subject to the condition that it shall not by way of trade or otherwise, be lent, resold, hired out or otherwise circulated, without the publisher's prior consent, in any form of binding or cover other than that in which it is published.

www.ukiyoto.com

Preface

"Mon ambition est de dire en dix phrases ce que d'autres disent en un livre entier."

- Friedrich Nietzsche

Il y a eu l'âge de pierre, l'âge agricole, etc. D'immenses périodes de l'histoire peuvent être regroupées, car le développement humain a pris des siècles pour passer d'une étape à l'autre. Les changements de génération, plus connus sous le nom de fossé générationnel, n'apparaissaient pas non plus du père au fils, il fallait plutôt plusieurs générations pour que le fossé se creuse.

Mais les choses ont changé. Les siècles se sont réduits, au rythme du changement, à des décennies aujourd'hui. Les personnes nées il y a quelques années se sentent beaucoup plus âgées que celles nées aujourd'hui, compte tenu du rythme des changements technologiques et sociaux qui en découlent.

Les êtres humains ne sont pas des machines. Ce changement accéléré a fait des ravages dans l'ensemble de l'humanité et, dans la course aux traditions et à la réinvention de la culture, l'humanité a fini par n'avoir qu'une seule culture : l'esclavage égoïste et sensuel.

Mais toute courbe changeante et ascendante finit par atteindre un sommet stagnant. Si nous pouvons tenir jusqu'à ce point, nous pourrons tenir jusqu'à ce que le soleil se refroidisse ou jusqu'à ce qu'Andromède fusionne avec la Voie lactée.

Dans l'intervalle, cette évolution accélérée de la technologie, fondée sur les progrès scientifiques sous-jacents, aidera les humains à garder la terre verte, à mieux gérer la santé, à améliorer l'espérance de vie, à lutter contre les maladies et la faim et à subvenir aux besoins de la population comme jamais auparavant.

Nous pourrions cesser de chercher d'autres planètes pour y vivre, mais la Terre sera-t-elle plus "heureuse" ou se transformera-t-elle en une prison sûre où les gens ne trouveront pas de temps à passer ?

Les guerres cesseront-elles ? Les gens ne connaîtront-ils pas la douleur ou le chagrin ? Les gens auront-ils besoin de travailler avec l'automatisation et l'intelligence artificielle ? Les gouvernements deviendront-ils plus ou moins puissants ? Que feront les humains du temps dont ils disposent ? Les relations s'amélioreront-elles ou l'homme deviendra-t-il complètement individualiste ? Sommes-nous destinés au paradis ou condamnés à l'enfer ?

2042 est une tentative de ressentir l'avenir à travers le prisme des tendances humaines à l'avidité et à l'égoïsme, à la recherche du profit et à l'économie de croissance que personne ne remet en question et qui est considérée comme la vérité éternelle, à la peur et à l'instinct de conservation.

À travers une série de poèmes, les différents aspects humains du bien-être ont été abordés - qu'il s'agisse des relations, des finances, du bien-être mental et physique, de la douleur et du chagrin, de l'avidité et de l'égoïsme, de l'amour et de la nostalgie, du gouvernement et du monde des affaires. Nous nous concentrons sur la durabilité, et nous pourrions bien atteindre nos objectifs compte tenu de la fraternité de la peur et de la cupidité. Mais le bonheur humain n'est jamais né de ces racines. J'espère qu'on me prouvera le contraire...

Il n'est pas facile d'écrire sur l'avenir, qui est en grande partie fait de science et de technologie, et sur l'impact qu'il a sur l'humanité, par le biais de la poésie, et pourtant, ce n'est pas une poésie qui vient directement du cœur, où moins de mots portent le message à tous les autres cœurs...

J'espère que le lecteur appréciera et comprendra le sens de ces 21 poèmes pour 42.

Contenu

2042	1
Crédule à jamais	4
Liberté déformée	6
Le chagrin de la solitude	7
Une vie qui vaut la peine d'être vécue	9
Le bon mal de dents	11
L'histoire perdue dans l'information	14
Déshonneur numérique	16
Divertissement ou illumination	18
Mariage "ouvert	20
Poussés vers le mal	22
Tué par les spécialisations	26
L'abrutissement	28
Le choix du vide	31
La révolution	33
Club de santé	35
Satisfaire le succès	36
La société	38
Le paradoxe	41
Guidés par la "main"	43

2042

Il y a de l'herbe sur les autoroutes,
La planète est plus verte que jamais.
Les gens prennent l'avion jusque dans leur quartier,
La science a encore progressé.

Les drones livrent des marchandises, transportent des personnes,
Les gens sont occupés dans leur propre univers.
Les gens sont occupés dans leurs propres univers,
Le virtuel est le réel, appelons cela des métaverses.

Le cerveau humain est modifié,
Il endort toutes les questions sur la réalité.
Déjà né dans une illusion, aveuglé,
Le métavers a déraciné le Tout-Puissant.

Même aujourd'hui, nous ne comprenons pas la physique quantique,
Nous ne savons pas le pourquoi, ni même le comment.

Mais nous sommes de merveilleux imitateurs, cela ne nous dérange pas,

Nous utilisons le tonnerre sans connaître la lumière ou le son derrière.

Nous avons utilisé la science, cherché l'utilité,

La technologie était la fin, les moyens peuvent ne pas avoir de sens.

Nous avons copié, nous avons mis en boîte de sable, nous avons créé,

Nous avons réussi au-delà de ce que nous avions imaginé,

Même Dieu, nous avons automatisé.

Nous avons maintenant une planète verte, des ressources suffisantes,

Les gens ont tout ce qu'ils souhaitent.

La Terre est le nouveau paradis dans tous les sens du terme,

Mais est-ce la félicité que nous recherchions...

Comme du bétail, nous sommes conduits, utiles et insensés,

Notre univers est maintenant la création d'un autre homme.

Les ressources suffisantes ne sont pas infinies,
La cupidité humaine n'est pas exclue de l'équation.

Le plan a changé, cette dimension,
Il y a de nouvelles peurs, de nouveaux chagrins.
Le roi a besoin de sujets pour s'élever,
C'était vrai hier, ça le sera demain.

Il y a des guerres, une énorme concurrence,
Les capitalistes encouragent le socialisme sans se décourager.
La population dépend de l'entreprise,
Très peu font des affaires, le reste est plus entravé.

Crédule à jamais

Les chemins séchés sur ses joues sont encore visibles,
De nouvelles gouttes de larmes ont choisi la même chose pour leur voyage.

Non pas qu'il y ait eu une nouvelle mise à jour,
Les marées de souvenirs continuaient d'affluer, sans s'atténuer.

Les souvenirs ne concernaient pas la balle qui l'avait touché,
Elle n'était pas sur le champ de bataille, elle ne pouvait qu'imaginer.

Les souvenirs, cependant, de ce qu'il était,
Le fils adorable, sans lui, elle n'était pas une maman.

Il aimait ses fusils jouets, ses munitions,
Il avait toujours dit : "Je mourrai pour la nation".

Quelle noble ambition, pensait-elle,
Elle l'imaginait en soldat, jamais en faible.

Les guerres sont nécessaires à la paix, lui disait-on,
Personne n'a recommandé comment les larmes de maman tiennent.

Tous ces discours - bravoure, médailles, et tout le reste,
Sa fierté s'est dissipée, elle a voulu se rebiffer.

La fierté est fausse, le chagrin est réel", pensait-elle,
La guerre est une propagande qu'elle a malheureusement achetée.

La guerre est une propagande qu'elle a malheureusement gobée. "La guerre pour la paix" n'est pas vrai, c'est un "catch 22",
L'homme n'a pas appris, même en 2042.

Liberté déformée

Je veux être libre", dit la corde de la guitare,
a arraché les crochets, a rendu la guitare inopérante.

La femme, le mari, la fille, le fils,
Chacun réclame son indépendance, sa vision déformée...

Indifférente, insensible, cette néo individualité,
Le monde est un fracas, la société une mêlée.
L'accent mis sur les plaisirs, les sens ont gagné,
Tous les esclaves des sens se battent, unis seulement dans la dissension...

Mais sans la corde, la guitare peut-elle évoquer la mélodie,
Sans fils, sans fille, sans parents, où est la famille ?

Le monde, pour que cette planète soit,
Je suis lié à elle, comme elle est liée à moi.

Amar B. Singh

Le chagrin de la solitude

Il sirote sa tasse de café du matin,
il a réalisé que pour le reste de la journée, il était libre.

Il avait construit un logiciel, avait gagné sa vie pour toujours,
Il n'a plus jamais besoin de travailler, mais il n'est pas heureux pour autant.

Est né au début du siècle,
Travaillait dur, rêvait de succès, était heureux.
Il a parcouru de nombreux kilomètres,
Il n'a plus que des souvenirs et un sourire en coin.

Qu'est-ce que cette vie, même avec de l'argent ?
Le succès semblait avoir son propre tarif.
J'ai une journée entière pour moi, mais..,
Avec qui vais-je la partager, je ne suis pas en contact.

Les enfants sont occupés, la femme est partie,
L'absence de famille, il ne pouvait que s'en plaindre.

Le sport, la réalité virtuelle, peuvent maintenir l'attention,

Mais au fond de son cœur, il savait qu'il était triste !

Le monde semblait rempli de fantômes,

Les têtes penchées, marchant, surveillant leurs "postes".

La plupart d'entre eux, cependant, étaient chez eux, immergés,

Les générations suivantes, elles, sont plus "métaversées".

Le fossé entre les générations prenait autrefois des dizaines d'années,

Avec le développement technologique, il s'est fait beaucoup plus rapidement.

Aucune centaine d'années ne séparait les deux peuples,

comme 1942 et 2042.

Une vie qui vaut la peine d'être vécue

La belle ville a choisi son coin le plus éloigné,
Les lieux de crémation ne pouvaient pas être au centre.

Les gens vivent beaucoup plus longtemps maintenant, mais ils meurent toujours,
La science, l'homme, déteste les défis perdus et soupire...

Les personnes âgées craignent encore plus leur mort,
Des vies solitaires et pitoyables se prolongent sur le lit...

Paradoxalement, ils veulent mourir,
Vivre éternellement est en effet une malédiction, ils ne peuvent pas se mentir à eux-mêmes.

Ce temps supplémentaire dans ce monde moderne,
Des pas de géant maintiennent debout les bâtiments anciens.

Vivre plus longtemps, avec nostalgie, y a-t-il un but ?
La vie est dans les moments où l'on ose mourir !

Trois générations vivaient ensemble,
La vie était belle sans être éternelle.
Aujourd'hui, six générations restent en vie,
La famille n'existe plus, personne n'est naïf !

La science travaille dur pour atteindre l'immortalité,
Irrévérencieuse aux conséquences, appréciant sa propre beauté...
Les personnes âgées vivent le siècle dernier sans se rendre compte de rien,
Tandis que les jeunes et ceux qui s'ennuient mettent fin à leur vie...

Le bon mal de dents

Mettez l'ensemble VR de côté et, s'il vous plaît,
mangez votre sandwich froid !
Mangez votre sandwich froid !
La demande de la mère est une imploration,
"Ne me dérangez pas, je vais perdre le jeu".
Le retour indifférent du fils.

Il est revenu plus tard pour se plaindre,
Ses dents de lait tremblaient, il avait mal.
Alors que la mère essayait de le réconforter,
"J'ai perdu tout mon argent", dit-il.

La mère, décontenancée, s'est exclamée,
"Comment as-tu pu ? Tu n'as même pas le droit
J'ai écrit que j'avais dix-huit ans", dit-il en souriant.
Je n'ai pas eu besoin de votre monnaie, j'ai utilisé ma
cryptomonnaie de jeu à la place !

Il n'avait pas d'amis, sauf dans le métavers,
Il a été payé par la société de jeu pour être inscrit.
Elle souhaitait qu'à cet instant, le temps s'inverse,

Il n'était pas curieux, enfantin, et s'ennuyait...

Il obtenait toutes les réponses dans son monde virtuel,

même aux questions auxquelles il a le droit de répondre,

La maman méritait...

À huit ans, il ne connaissait ni l'admiration, ni l'émerveillement.

Il savait tout, mais n'avait aucune révérence.

Ses os étaient affaiblis par le manque d'exercice,

L'esprit était dérangé, la réalité confuse.

Son existence troublée et hallucinée,

Dans ses yeux, elle sentit une larme, de la pitié dans son cœur !

Comment la technologie peut-elle gâcher le monde, pensa-t-elle,

Dans ce monde, après tout, elle l'avait amené.

Tant de gens avaient protesté contre cette politique de la corde raide,

Poussant la technologie trop loin, poussée par l'économie.

Le fils a pleuré soudainement, elle a regardé avec effroi,

La dent de lait était sortie, il était en larmes.

Elle a été surprise, mais s'est sentie heureuse,

Elle réalisa que c'était un rare aperçu de son innocence...

L'histoire perdue dans l'information

L'histoire était meilleure,

Quand nous avions une seule version.

De la vérité, même si elle est amère,

n'avait pas besoin et ne pouvait pas avoir de révision.

Cela s'est compliqué avec l'abondance,

Tant de rapports, de commentaires contradictoires,

Impossible de dire ce qui est vrai, toutes les opinions.

D'un côté, toute l'histoire de l'humanité,

De l'autre, ce siècle.

Des versions déformées, des médias motivés,

Le contrôle indirect du gouvernement, cette corne d'abondance.

Nous enseignons aux générations le nécessaire,

trop pour être avalé,

Ils ont leur propre histoire.

Car quelles sont les attentes d'un jeune homme,

Il voit clairement que son père a échoué.

Nous faisons la guerre, nous sommes capables de destruction massive,

Pas d'amour ou de paix, seule la peur nous a empêchés de dérailler.

Le prix du président d'une nation est convoité par le jeune homme,

Le président est appelé à la guerre, un meurtrier de plus.

Qui doit être cru alors, quelle est la bonne action,

L'histoire est son histoire ou la sienne, la leçon est perdue !

Déshonneur numérique

À l'âge de 43 ans,
elle était une quasi-millénaire, une gen Z.
Elle avait été témoin de la révolution de l'email, de la mobilité,
était l'architecte de l'ingénierie du métavers.

Mais elle était brisée et suivait une thérapie,
Sa création avait été, pour elle, traumatisante.
Les avatars numériques, l'excellente technologie haptique,
lui ont fait ressentir le tripotage, la folie des gangs.

C'était plus que l'angoisse du "post non aimé",
Elle s'est sentie réelle quand son avatar a été brutalement agressé.
La calomnie ou la diffamation lui paraissaient puériles en comparaison,
Le "déshonneur numérique" était la réalité la plus effrayante du jour.

L'avatar était si avancé qu'il avait sa propre psychologie,
Distinction à faire au-delà de la logique, de l'éthique.

Divertissement ou illumination

Il y a une génération, en l'an 27,
Les robots ont remplacé les hommes qui travaillaient dur.

Plus de voitures sur le parking du bureau,
plus d'odeur de café, plus besoin de théière.

Les gens se demandaient ce qu'ils devaient faire,
Ils avaient toujours été occupés, mais ils n'avaient aucune idée de ce qu'ils allaient faire.

Le gouvernement avait pourtant prévu le coup,
De nouvelles lois pour les gens, garantissant des rentrées d'argent.

On pouvait s'asseoir et respirer tranquillement,
faire ce qu'ils voulaient, se détendre ou s'occuper.

Pour une fois, il y avait du temps, la promesse d'une illumination globale,

Mais la réalité, c'était les affaires,
l'accent était mis sur le divertissement.

La guerre était encore une bonne affaire,
Nouvelle demande, bonnes marges, personne ne se soucie de tuer.

Mais le divertissement ! Pas de problèmes éthiques évidents,
Le monde entier était un potentiel de clients.

La technologie s'est déjà montrée à la hauteur,
Il y avait l'IA, l'automatisation et la réalité virtuelle.

Les gens se sont plongés dans ces technologies, les ont goûtées, les ont expérimentées,
Ils se sont immergés dans la technologie immersive.

Les vies ont changé, la culture aussi, tout le firmament,
La lumière a disparu, le divertissement a fait son apparition.

Mariage "ouvert

Ils s'étaient juré : "Je t'aimerai jusqu'à l'éternité",
Les invités avaient applaudi, l'allée avait été saluée.
Ils ont vécu une vie heureuse,
Les meilleurs amis aussi, l'homme et la femme.

Puis les années 30 sont arrivées, la lumière sombre s'est levée,
Des changements sans précédent, des crises alimentées par la technologie !

La vie sociale était terminée,
Même les problèmes réels avaient des solutions virtuelles.
De nouveaux "univers" en plus,
Le marketing faisait des heures supplémentaires.

Libérés physiquement, déconcertés mentalement,
Ils ont adhéré au projet...
Des moutons innocents et aimants marchaient prudemment, mais sans crainte,
vers l'enfer, le grand thème du diable...

Ils n'avaient plus de temps l'un pour l'autre,
Pas de plaisirs partagés, chacun à sa corvée inutile.
Pas d'amis, pas de parents, un désert de sable,
La planète vert acier, transformée en Zombieland...

Leurs "avatars" avaient pourtant des amis,
Une vie sociale rapide, même si à l'extérieur, elle est lente.
Elle décida, ou peut-être, son avatar décida,
de "sortir" avec ceux qu'elle voulait.

Avant, les mariages se faisaient au paradis,
Maintenant, on demande un mariage "ouvert"...

Poussés vers le mal

Si Dieu contrôle tout, pourquoi le mal ?
Ou y a-t-il un Dieu et, en dehors de lui, un diable ?

Mais, par définition, Dieu contrôlerait le diable,
Donc, le bien et le mal
sont essentiellement la volonté de Dieu !

L'univers est constitué d'énergie, nous l'avons déjà constaté,
qu'il s'agisse de matière, de lumière ou de son.
Même nos émotions sont profondes...

L'énergie, bien que neutre, se manifeste sous trois formes,
L'active, l'équilibrante et celle qui se repose.

Le positif, le négatif et le neutre,
Les forces qui sous-tendent notre monde sont doubles.

Même le plus petit, le seul atome,
possède l'électron, le neutron et le proton.

On peut marcher ou courir,
Sans équilibre, la gravité nous tirerait vers le bas.

Nous avons le pouvoir de créer,
de l'équilibre et de la destruction.

Nous avons peur, nous avons la rage, l'envie, la tentation,
Nous avons aussi le calme de la discrétion.

L'équilibre a disparu, consciemment ou inconsciemment,
On ne voit pas la graine, dans notre visage se dresse l'arbre.

L'acrobate sur la corde ne reste pas immobile,
Il bouge à gauche, à droite, et garde l'équilibre.

Alors, pourquoi Dieu a-t-il créé ce mal ?
La rage, l'ambition, la jalousie et l'envie.

Liés par cette nature, nous, les humains,

ne voyons pas que nous avons besoin de la nuit pour le jour,

La tristesse pour être heureux.

Cet équilibre n'est pas facile à trouver avec nos esprits conscients,

Nous ne comprenons qu'intellectuellement et plus tard, nous nous repentons.

Nous décidons sur la base de notre intellect, mais,

le plus puissant est le subconscient.

Il nous pousse dans une autre direction,

Un paradoxe évident, la dépendance inflexible.

Deux personnes en une, nous sommes toutes les heures,

L'un comprend, résout mais n'a pas de pouvoir.

L'autre, puissant mais mauvais auditeur,

Besoin d'aller au-delà de l'intellect,

Besoin de dépasser l'intellect, Besoin de briser la barrière.

Le monde d'aujourd'hui est le royaume de l'intellect,
> Des couches d'illusion dans lesquelles nous investissons.

Nous nous éloignons chaque jour un peu plus de la réalité,

Pas de religion, pas de paix, nous gardons le bonheur à distance.

Tué par les spécialisations

Les jeunes, grâce à leur éducation, ont eu de la chance,

Une bonne dose de compétences, du judo à la géométrie.

Ils étaient préparés à tout ce que le monde semblait leur réserver,

Pour certains, ils étaient conscients, pour d'autres inconscients.

Et puis un jour, on les a interrogés avec désinvolture,

Où voulez-vous atterrir, que voulez-vous faire ?

Choisissez l'un d'entre eux et laissez tomber immédiatement les millions d'autres.

À cela, ils n'ont rien compris.

La confusion était évidente, mais le plus important, c'est qu'ils ont commencé à mourir par morceaux,

Ils ont commencé à mourir par morceaux, alors qu'ils avaient vécu entièrement jusque-là.

Ils n'étaient pas des robots, ils n'avaient pas été programmés,

pour être bons à une chose, et maintenant cette demande...

Ce n'était pas tout - ils devaient fonder une famille,
gérer le conjoint, les enfants et leurs compétences.
Un emballage a été mis sur l'expansion de la conscience,
Une frontière artificielle sur la planète, appelée pays.

Mais l'homme continuait à travailler spontanément,

La fausse vie avait commencé, elle s'est construite par la suite.
Comme une petite flamme, au milieu des cendres,
Un faible souffle d'un lit de mort, la vie s'amenuise.

L'abrutissement

Alors que le bon sens boitait,
Et la logique humaine est devenue boiteuse.
Alors que la société ratifiait des plans,
de destruction et souriait à la même chose.

Tandis que le profit devenait la seule religion,
Et la religion est devenue folle.
Tandis que les gens se contentaient d'être des esclaves,
Pour tout perdre et ne rien gagner.

Tandis que la civilisation signait volontiers
son propre arrêt de mort sur la ligne pointillée.
Tandis que les masses décidaient d'aller vers le bas,
Les intelligents n'ont pas quitté la ville !

Alors que les nations n'ont cessé de dépenser,
de l'argent sur le monde futur.
L'intelligentsia avait un besoin social,

Pour bien se mêler à la société environnante,
Faire partie de la foule !

Non, ils n'étaient pas hors de la ville,
Ils auraient pu s'opposer, éduquer les masses.
Mais ils ont plutôt choisi l'abrutissement...
Il faut du courage pour défier, affronter les coups de fouet !

Ils étaient sûrs d'être plus tard "intelligents",
une fois que la transformation serait totale.
Mais comme l'inconscient, on se fige,
Impossible de se relever après l'alcool.

L'intelligence qui demandait à se laisser tomber,
pour mieux se mélanger, se socialiser,
Ironiquement, ce processus s'est arrêté,
puisque le questionneur a cessé d'exister.

Une personne ivre reprend ses esprits plus tard,
tout comme l'intelligentsia.

Mais il semble que les cellules du cerveau aient été modifiées,
Leur fonction d'origine avait disparu.

Pendant ce temps, les "autres" sont moins intelligents,
Tentent l'inverse - de s'améliorer.
Le processus à double sens a commencé,
Les approches contradictoires s'opposent.

Le résultat final est intéressant,
n'était pas un équilibre de l'intelligence.
C'était exactement le contraire,
les plus intelligents servant leurs homologues "moins intelligents".

Il ne s'agit pas de diligence ou de travail acharné,
la persévérance et la détermination de la moyenne,
C'est la ruine du génie,
Une version déformée, le piège social !

Le choix du vide

Le festival des lumières et des sons,
La grande extravagance.
Célébrée dans les salons de discussion du monde entier,
Les ombres de "Deepavali" en Inde...

La famille commune a disparu depuis longtemps,
Remise en question par le néo-intellect.
Les célébrations autour du nouveau-né,
Abandonnées, oubliées, reléguées.

Les mariages prenaient des minutes, la recherche de l'efficacité,
La mariée et le marié réfléchissaient,
sur le vide, cette prétendue urgence,
Il n'y avait personne, pas de rires, ils ne se sentaient pas bénis.

Nous avons évolué, nous nous sommes interrogés, tout était un processus,
Nous avons rejeté la tradition et la culture pour qui.

On a choisi l'efficacité, on a oublié l'efficience,
Par manque de culture, nous sommes entrés dans un vide.

L'ancien doit être abandonné s'il n'est pas pertinent,
Mais sa place doit être prise par le nouveau.
Les fleurs décoratives sans le parfum,
Les humains dans le vide ne rafraîchissent pas, ne renouvellent pas.

Les "arts" étaient morts, la science était suprême,
Tandis que l'esprit régnait, le cœur souffrait.
L'époque du rêve amoureux est révolue,
La vie était comprise, l'amour sur le marché.

La révolution

Le besoin de changement, les jeunes ne le
comprenaient pas, ne le feignaient même pas.

C'était une révolution de l'ancien.

Les jeunes hommes ne savaient pas ce qui n'allait pas
avec le règne,

comme l'ours polaire ne connaît pas le froid.

Une décennie de plus pour se dissoudre,

Pour décomposer ce qui a été, et aller de l'avant.

Au-delà de la résolution d'un vieil homme,

L'homme moderne prouverait.

Il fallait de vieux os et de l'amour,

Car leur temps était révolu.

Ils en avaient assez vu et entendu,

Et cette lumière devait être montrée.

Pour expliquer l'obscurité au soleil,

Ou la lumière aux aveugles,

Sans technologie, l'homme ne pourrait exister,

Difficile à absorber pour le nouvel esprit.

Ils ont pris l'incendie criminel, une grande foule âgée,

Les portes des asiles ont été brisées.

Les portes des asiles ont été brisées. Trop de gens de l'ancien monde sont fiers,

Des cendres, surgit le nouvel humain !

Club de santé

Le soleil chaud de décembre,

Les ordres automatiques de l'instructeur.

On a demandé aux gens de lever les mains,

Ils obéissaient à contrecœur, mais non sans un soupir.

Les séances de santé étaient obligatoires,

Réglementées par le gouvernement pour garder les gens en bonne santé.

Elles étaient suivies d'une méditation guidée,

Elles se terminaient par la séance hebdomadaire "Bien respirer".

Qu'est-ce que j'y gagne ? Quel est le bénéfice ?

Tout le monde ne parle que de profit.

Nous avons perdu les "arts", nous avons gagné de l'argent,

Nous avons choisi la souffrance mentale, nous avons perdu la qualité de vie...

Maintenant l'"anormal", la majorité était névrosée,

La vie bizarrement occupée, les pensées chaotiques.

La population n'hésite pas à prendre des pilules,

se rendait à la retraite de santé sur les collines...

Satisfaire le succès

On continue à marcher droit, sans changer de direction,
arrivera au même endroit sur cette planète.
Tout le monde essaie une optimisation prématurée,
N'est pas la liberté la capacité de corriger le cap !

Choisir la compétence et l'application requises,
Non pas pour optimiser, mais pour reprendre.
De nouveaux défis, en utilisant l'apprentissage et son agrégation,
Les humains s'épanouissent alors, et non en abandonnant.

Tout cela a été un énorme succès,
Celui qui ne satisfait pas.
L'accent est mis à l'excès sur l'unicité d'esprit,
Pas le courage de défier la société, de nier !
Une plante pousse dans le désert,
Dans la sécheresse, son coeur.
Ne se portera pas bien dans la forêt tropicale,
Avec tous les soins et le confort.

C'est dans la satisfaction du travail que la liberté s'est manifestée,

Les choses ont changé ; les emplois ont été remplacés dans les décennies suivantes.

Un état d'esprit positif, un état d'esprit d'apprentissage,

Le monde avait sérieusement besoin de redéfinir le succès.

Ni la croissance trimestrielle, ni l'abondance d'argent,

Pour apaiser l'âme et le cœur.

Suivre son cœur n'est pas synonyme d'inefficacité,

La spontanéité d'un seul esprit dès le départ.

La société

Nous avions besoin de nourriture, de vêtements et d'un abri,
Ce besoin est devenu une avidité sous-jacente.
Indices d'une peur profondément enracinée,
L'imitation, l'acceptation et l'obéissance en effet.

L'obéissance était cet extraordinaire instinct,
né de notre besoin, la force motrice.
Même les humains sont des machines répétitives,
qui courent en vain, coupés de la source !

A la recherche d'une récompense, jamais vraiment libre,
Comme l'homme qui a peur d'être puni.
Avant, c'était la peur,
L'appât, maintenant, c'est l'avidité de l'homme !

Nous voulions être inclus dans ce nouveau monde,
L'entrée dans ce club convoité.
La solitude était effrayante, rester avec le petit nombre,

Les masses ne sont pas courageuses, elles ne
supportent pas les rebuffades !

L'individu ne se connaît pas lui-même,
si perdu dans ce qu'il est censé être.
Tout ce qu'il est, c'est une aide automatisée,
Incapable de rire, sourit ironiquement !

Cet individu, la société le représente,
Pas d'amour, pas de passion, pas de sens à la vie.
Expérimentent et interprètent les choses à travers des
cartes mentales,
Ils supposent que ce qu'ils voient est la façon dont les
choses devraient être !

Excavée par la curiosité, cette société moderne,
bavardages insignifiants et paroles en l'air.
Les cerveaux sont trop émoussés pour acquérir de la
maturité,
Pour les manières mondaines, ne cessent de
retomber...

Le lotus et l'eau se complètent,
L'expression est aussi importante que la vie.

Une expression déformée défigure plus tard la vie à l'intérieur,
L'individu perdu, la dégradation de la société.

Les masses votent dans cette nouvelle démocratie,
Peu de choix, c'est un état providence.
Pas besoin d'être droit, pas besoin de précision,
Les allocations les plus élevées gagnent, c'est le seul destin !

Il y a des leçons à donner,
Quand la bonté est perdue, il y a la moralité.
Rien n'a d'importance pour eux en fin de compte,
C'est 1942, rien de mal pour cette société.

Quand la société sent que les deux sont connus,
Le début et la fin.
Tous ses malheurs alors,
L'homme doit y assister !

Le paradoxe

Ce qui a fini par les gêner, c'est l'affaire la plus ancienne,
Les paradoxes étaient vrais et toujours déconcertants.

Ils ont combattu le néant, le vide,
L'esprit est venu les déranger aussi.
C'était cette crise de la quarantaine accentuée,
Au cours de l'été 22.

Ils ne pouvaient s'empêcher d'observer et de noter,
l'oubli progressif des défauts évidents.
Les défauts populaires que les masses votent,
L'esprit dilué, trop abruti pour poursuivre,
les plaisirs de l'inconscient.

La technologie éclaire-t-elle les idiots ?
Ou abrutissait-elle aussi les personnes éclairées ?
Le paradoxe du savon dans l'eau sale,
Au cours de l'été 22.

La réalité étant que tout est irréel,
Que pourrait-on alors suivre ?
Être un enfant, vivre avec ce qui est et ressentir,
Au cours de l'été 22.

Guidés par la "main"

Que se passera-t-il dans un million d'années ?
Le soleil se refroidit, la terre disparaît.
Dans cent ans, la peur des gens,
les villes submergées pour.

Prédire l'avenir devient plus facile,
La définition de l'avenir s'est élargie.
Nous ne pouvons pas prédire demain, cependant,
faiblesse évidente de notre esprit, de notre tête.

Si Dieu dirige tout,
Il aurait planifié à l'avance.
Ou le chaos est trop grand, même pour Lui,
Il ne peut pas laisser le monde au hasard !
Chaque variable affecte toutes les autres variables,
Les possibilités sont nombreuses et plus encore.
Non seulement le présent, mais aussi les interactions futures,
Les permutations à prendre en compte sont infinies.

Le destin est raisonnable, mais il a besoin
le bras du destin pour nous guider.
Existe-t-il alors un libre arbitre ?
Juste pour le plaisir, on peut le supposer !

La main qui nous guide revient,
corrigeant les voies, réorientant calmement.
L'homme ne voit rien venir,
La main corrige, même avec des fins abruptes !

Les humains, dans la plupart des cas, ont besoin d'un coup de pouce, pas d'un coup de poing,
ont besoin d'un coup de pouce, pas d'un coup de poing...
Pour les coureurs du monde dits intelligents,
sont endormis, le plus souvent inconscients !

www.ingramcontent.com/pod-product-compliance
Lightning Source LLC
LaVergne TN
LVHW041637070526
838199LV00052B/3419